AF315353

MÉLANGES

EN

VERS ET PROSE

Par M. le Comte de T*****.

A ORLEANS,

DE L'IMPRIMERIE DE JACOB.

1820.

PRÉFACE (*).

J'ai vu les mœurs de mon siècle ; j'ai vu les trames de tous les genres d'hypocrisie ; j'ai été effrayé de leurs succès : j'ai vu les funestes effets de la calomnie sur les réputations ; j'ai fait plus, je les ai éprouvés. J'ai voulu combattre ces fléaux de la Société. A défaut de forces, je n'ai consulté que mon indignation, et j'ai publié ces pages.

Un homme de beaucoup d'esprit a dit que *l'hypocrisie est un hommage que le vice rend à la vertu* : cette définition m'a toujours paru plus brillante que juste, car, qu'est-ce qu'un hommage ? sinon un sentiment, un tribut sincère que la vertu ne peut obtenir que de ceux qui l'estiment, qui sont en harmonie avec elle : l'hommage diffère du respect en ce qu'il est volontaire, et que le respect

(*) Cette Préface est destinée à ce Dialogue et à deux autres qui doivent le suivre : c'est pourquoi je lui ai donné une certaine étendue.

est le plus souvent forcé. L'un naît de l'estime, de l'admiration; l'autre est toujours
dicté, sinon par la crainte, du moins par l'idée
de la supériorité de celui qui en est l'objet.

L'hypocrite éprouve-t-il ce sentiment qui
commande l'hommage? je ne le crois pas.
Il se rit de la vertu dont il prend le masque;
il n'admire, il n'estime en aucune manière
celui qu'il dupe; s'il singe ses pratiques, c'est
qu'il y trouve son profit. Une considération
vient encore à l'appui de ma distinction, c'est
que l'hypocrite ne contrefait pas seulement
les vertus, mais encore les travers, les faibles, et jusqu'aux vices de ceux qu'il veut
séduire; l'hypocrisie n'est donc pas un hommage que le vice rend, mais bien un piége
qu'il tend, non pas à la vertu, mais à qui de
droit. Jamais piége ne fut plus dangereux,
puisqu'il est entouré de tout l'appas qui peut
y attirer l'homme simple et crédule. Rien
en effet n'est plus séduisant que l'imitation
de nos goûts, de nos habitudes; les adopter
c'est en faire l'éloge. Si, comme l'a dit un
poëte aimable, en parlant des moyens de
plaire aux femmes,

L'art de louer commença l'art de plaire.

L'art d'imiter peut aussi produire le même effet auprès des hommes, et de leur plaire à les duper il n'y a qu'un pas.

Mais laissant-là la définition du mot, je dois m'occuper des dangers de la chose.

Ces dangers sont grands, ils sont fréquens; ils sont évidens pour qui sait observer et réfléchir; ils ont été signalés et livrés au ridicule, par des gens plus habiles que moi; mais ils ne l'ont été que d'une manière sommaire, peu approfondie et telle que le comporte la scène sur laquelle on les a traduits.

Ils sont d'autant plus grands pour la société que, dans les manœuvres de l'hypocrisie, si l'intérêt est sa fin, si l'imitation est son moyen le plus fréquent et le plus assuré, on ne peut disconvenir que la calomnie ne soit son arme la plus familière. Or, si pour parvenir à leur fin, les hypocrites emploient le moyen pour duper les gens crédules, l'arme, de son côté, leur sert à éloigner, à tenir à distance ceux qui pourraient leur nuire en leur arrachant le masque dont ils se couvrent. Cette arme les sert d'autant mieux , qu'en détruisant la réputation des honnêtes gens qu'ils ne peuvent tromper, leurs dupes n'ajoutent aucune foi aux récits de ceux qui voudraient les désabuser, puisqu'on les leur signale comme des êtres impies, immoraux, auxquels on ne peut supposer que de mauvaises intentions. Une fois la prévention établie, le reste va de suite, rien ne s'oppose plus à leurs succès.

Avant d'aller plus loin , je dois éclaircir un point, et m'expliquer, en faisant ma profession de foi sur des objets que la malveillance se plaît à confondre ; ces objets, quoique très-distincts, ne le sont pas pour la sottise qui adopte tout sans examen.

Toutes les fois qu'on parle de ce qui a rapport, de près ou de loin, au culte et à la religion, on se voit signalé comme un ennemi de l'Autel : je déclare donc, qu'on ne m'en entendra jamais parler, encore moins de ses Ministres, auxquels, comme aux Vestales de l'antiquité, est confié l'entretien de son feu sacré, et parmi lesquels il existe peut-être moins d'hypocrites que parmi ces Béats qui, sans qualité comme sans mission, prétendent régenter le monde, et lui tracer la seule route à suivre, sous peine d'encourir leur indignation, et toutes les conséquences qui en découlent. C'est de ceux-là seuls, que je prétends parler, non que je les considère comme hypocrites, mais bien comme dupes et complices de l'hypocrisie qui, à leur insçu, les associe à ses complots et à ses trames, en leur faisant, de confiance, répéter les calomnies dont-ils flétrissent les gens d'honneur.

Pour donner plus de clarté à mon idée, et éviter qu'on ne me prenne par mes paroles, je dois classifier les êtres dont je veux parler ; cette précaution est nécessaire pour qu'on ne m'accuse pas de les confondre.

Et d'abord, je mettrai au premier rang les gens pieux, et dont la piété est l'effet d'une intime conviction ; ceux-là, sans doute, sont hors de toute atteinte ; l'impiété même se tait devant eux. Il est facile de les reconnaître, car tout les décèle : leurs traits les plus caractéristiques sont une extrême indulgence pour leur prochain, laquelle n'est autre chose que cette charité si recommandée par la vraie

piété, une extrême circonspection , une ex-
cessive répugnance à s'immiscer dans des
discussions religieuses; une grande huma-
nité pour tous les hommes sans exception ;
bienfaisans sans faste ; occupés de leur conduite, de leur observance, sans examen et
sans contrôle de celle de leur prochain , dont
ils ne disent jamais de mal même quand ils
en penseraient : voilà le rôle de l'homme
vraiment pieux.

Je passe ensuite aux dévôts de parti : ce sont
ceux-là que je dois chercher à bien définir.
Si je ne voulais parler que de leurs vertus , la
tâche ne serait pas difficile; il suffirait, pour
les peindre d'après nature, de retourner, ou
plutôt de prendre l'inverse du portrait de
l'homme pieux , que je viens de tracer.

Je les appelle dévôts de parti , parce que
ceux ou celles qui suivent cette carrière, tien-
nent véritablement à un parti nombreux,
auquel les gens qui leur portent peu de respect , ont donné le nom de *clique* ; qu'en op-
position avec l'homme pieux qui ne voit personne ou qui voit tout le monde , ils ne se
plaisent qu'entr'eux, qu'ils rapportent tout

à eux, que tout ce qui n'est pas eux leur est étranger ou ennemi, qu'ils n'ont foi qu'en leurs opinions, et qu'ils frondent, que dis-je, qu'ils damnent ceux qui ne les partagent pas. La plupart sont dévôts par tradition, parce que leurs pères et mères l'étaient, ou parce qu'ils vivent dans une société qui fait profession ouverte de dévotion; quelques-uns le sont par calculs, parce que le salut et le sermon coûtent moins que la comédie et les plaisirs mondains.

Viennent ensuite les hypocrites. Quoique l'homme vraiment pieux ne soit pas à l'abri de leurs pièges, on peut dire que c'est plus particulièrement chez les dévôts de parti qu'ils les tendent de préférence et avec le plus de succès. Le but de mes travaux étant de le démontrer, il est inutile de devancer ici ce que j'en dois dire.

J'ai été long-tems embarrassé de la manière dont je le dirais : un traité en prose, un essai, des considérations sur l'hypocrisie, tous ces moyens sont bien froids; il faut une grande supériorité de style pour les faire goûter, et un grand courage pour les lire.

La forme de dialogue me parut mieux atteindre mon but, mieux développer mes idées, mieux présenter, et du côté le plus frappant, les tableaux que j'avais à peindre, en leur donnant plus de variété par la diversité d'opinions des divers interlocuteurs. Telle est la marche que j'ai adoptée.

Mais, quel style devais-je employer? Quel ton devais-je prendre? Quel langage devais-je adopter, la prose ou les vers?

En prose? Elle est bien triste, et quoique de belle prose soit ce qu'il y a de plus beau dans le monde, au dire d'un grand littérateur, je ne me sentais pas en mesure de faire goûter la mienne.

En vers? Mais on prétend qu'il faut avoir eu le fouet au collége pour en connaître seulement le mécanisme, la facture ; or, je n'y avais jamais été, je ne pouvais plus y aller, il était trop tard. Cependant je ne pouvais faire comme M. Jourdain, il fallait opter ; je me décidai pour la langue des Dieux, et, sans consulter mes forces, je me lançai dans la carrière, avec le dictionnaire des rimes à la main, et dans l'ame un grand fonds d'indignation, qui, à ce qu'on dit, fait les poëtes, une grande horreur pour les vices destructeurs de la société, un grand amour pour les vertus qui l'honorent et la font prospérer, enfin une grande indulgence pour les faiblesses humaines, parce que j'en sentais le besoin pour moi-même.

Une circonstance heureuse vint m'affermir dans ma détermination : il me tomba entre les mains un ouvrage composé par un homme de bon sens, de bonnes mœurs, d'un bon esprit, même de bonne compagnie, car il était de celle de Jésus. Le bon père Buffier, jésuite, dans un livre sur la géographie, avait traité son sujet en vers artificiels. Quoique je ne sache pas bien précisément ce que c'est que des vers artificiels, je compris que le retour périodique de la mesure et de la rime constituait une espèce de mnémonique toute faite, dont l'effet était de graver plus promptement et plus profondément dans l'esprit, les choses, les faits, les objets qu'on traite ; que même elle leur donnait plus de sel, plus de nombre, et pouvait élever des idées simples à la hauteur de sentences, de maximes, et les faire passer en proverbes ; enfin les rendre vulgaires et usuelles par le seul secours de la mesure et de la rime. En effet, telle idée simple, qui ne serait pas remarquée dans le discours familier, réveille l'attention et se grave dans la mémoire, lorsque cette mesure et cette rime lui ont prêté leur charme magique : quoi de plus simple, de moins prétentieux que ce vers,

Il ne vous fera pas grâce d'une laitue.

Et cependant il est devenu proverbe, parce que sans inversion, sans antithèse, sans boursouflure, il joint à une grande simplicité l'avantage de peindre admirablement bien la manie d'un propriétaire qui croit que tout le monde doit partager l'admiration qu'il prodigue à tout ce qu'il possède.

Je crus donc devoir saisir le moyen que me présentait le bon père Buffier : il m'offrait des avantages inappréciables. Le plus grand, sans doute, était d'échapper à la critique, car je n'ai vu nulle part de critique de la géographie en vers artificiels du père Buffier. Je ne dirai pas si, par son nouveau

mode , il s'est placé au-dessus ou au-dessous de la critique , toujours est-il qu'il lui a échappé ; puisse-t-il m'en arriver autant ! Il serait en effet inhumain de traiter avec sévérité celui qui vous dit « s'il est utile de graver promp-
» tement et profondément dans la mémoire
» de vos enfans , la nomenclature des pays
» et des villes qui couvrent le globe ; si mon
» moyen remplit ces deux conditions , s'il
» atteint le but que je me suis proposé , que
» pouvez-vous exiger de plus ? En vain vous
» récrieriez-vous sur la barbarie des noms
» propres que j'accumule dans mes vers , ce
» n'est pas moi qui les ai faits , et , tout bar-
» bares qu'ils sont , il faut que vous les ap-
» preniez , ou que vous renonciez à savoir la
» géographie. Les apprendre plus prompte-
» ment , et les mieux retenir que par toutes
» les méthodes usitées jusqu'ici , est donc une
» découverte utile , un *desideratum* dont vous
» devez apprécier les avantages et me savoir
» gré ».

Faisant l'application de ce raisonnement à mes faibles essais , je me présente devant le benin lecteur et je lui dis humblement :

Avez-vous quelqu'intérêt à connaître les fins, les voies, les moyens, les ruses, les détours, de l'hypocrisie, afin de les mieux déjouer? Désirez-vous connaître son code, sa jurisprudence, ses secrets, ses succès, afin d'opposer vos moyens aux siens? Je crois que la réponse n'est pas douteuse, elle sera affirmative; or donc, avec tout le regret de ne pas être inventeur et de me borner au modeste rôle d'imitateur; prenant le père Buffier pour modèle et pour guide, je vais tâcher de graver promptement dans votre esprit les innombrables moyens, les innombrables dupes, les innombrables victimes de l'hypocrisie et de la calomnie; la seule question qui reste à résoudre est de savoir si les mots de morale, de vertu, de vices, et de toute la nombreuse nomenclature qui les accompagne, figureront aussi bien dans mes vers que les noms de Wachtendoock, de Dordrecht, de Tobolsk et de Schelestadt figurent dans ceux du bon jésuite, et si j'opérerai aussi puissamment sur l'esprit de mes lecteurs en leur disant :

D'un sot qui de tromper sans relâche s'occupe,
L'homme d'esprit toujours finit par être dupe.

Que le père Buffier a opéré sur la mémoire
de ses élèves, en leur disant :

En Franconie on voit Wurzbourg avec Bamberg,
Culemback comme Anspack, entre deux Nuremberg.

Dans ce premier dialogue, j'expose les fins
et les moyens de l'hypocrisie et de la calomnie, ainsi que leurs effets généraux sur la
crédulité. Dans le second, j'ai particularisé
ce que j'avais généralisé dans le premier ; j'en
ai fait un épisode, dont beaucoup de détails,
ne s'éloignant pas trop de la vraisemblance,
pourront prendre la couleur historique pour
bien des gens qui en feront l'application à des
événemens qui se seront passés sous leurs
yeux. Quant au troisième dialogue, quoi-
qu'il soit la suite du même sujet, comme je
lui ai donné de nouveaux interlocuteurs et
que j'en ai changé le ton et le style, j'ai cru
devoir lui consacrer quelques pages de préface.

J'ai eu une si grande profusion de maté-
riaux, que je n'ai éprouvé que l'embarras du
choix ; peut-être même suis-je tombé dans
un grand inconvénient, en les employant
avec trop de prodigalité : cette exubérance de

principes, de faits, produit d'une imagina-
tion frappée et exaltée par son sujet et par son
indignation, a pu me mettre dans le cas de
m'appliquer ce vers d'un grand poëte :

Qui ne sait se borner ne sut jamais écrire.

Si ce premier dialogue paraît aux gens de
bien contenir des vérités utiles, je publierai
les autres; j'envoie donc celui-ci en enfant
perdu : l'accueil qu'il recevra me donnera
la mesure de sa valeur intrinsèque, et m'in-
diquera si je dois m'arrêter au commence-
ment de ma carrière, ou la poursuivre avec
zèle.

DIALOGUE

SUR

L'HYPOCRISIE, LA CALOMNIE

ET

L'ESPRIT DE PARTI

EN MATIÈRE DE DÉVOTION.

Ier DIALOGUE.

Fronti nulla fides.

DORVAL, ALCIDOR.

DORVAL.

Non, mon cher Alcidor, je n'ai vu de ma vie
La vertu composer avec l'hypocrisie ;
Vous êtes franc, loyal, et d'un vice honteux
Comment excusez-vous les excès odieux ?
Attendez-vous qu'un fourbe habile à se conduire,
S'introduise chez vous, parvienne à vous séduire,
Par la fausse vertu , la feinte probité,
Qui toujours sert de masque à la perversité ;
Verrez-vous de sang-froid la cohorte infernale,
Qu'abhorre la raison , que proscrit la morale ,
Usurper les honneurs réservés aux vertus ?

(18)

ALCIDOR.

Vous voyez des excès où je vois des abus;
Mais où n'en voit-on pas? Aussi je les tolère,
Sans prévoir un danger, peut-être imaginaire.

DORVAL.

Pour connaître à quel point va votre égarement,
Autour de vous, mon cher; regardez seulement.
L'affreuse hypocrisie, en se glissant dans l'ombre,
De ceux qu'elle séduit cherche à vous mettre au nombre:
Elle y réussira par ses trompeurs dehors.

ALCIDOR.

Je connais ses détours.

DORVAL.

Elle a mille ressorts
Qu'elle emploie avec art... Pour subjuguer notre ame,
L'hypocrite profond ourdit plus d'une trame;
Hypocrite de culte, hypocrite de mœurs,
D'honneur, de sentimens, tous, dans le fond du cœur,
Cachent le vil motif qui les presse, les guide,
Et la vertu chez eux au vice sert d'égide.
Il en est un encor, plus que tous redouté,
Et le plus dangereux, celui de probité.
Selon les tems, les lieux, changeant d'hypocrisie,
Tour-à-tour il s'en sert au gré de son envie;
Près du dévot rigide, intolérant, frondeur,
Près de l'homme du monde, indulgent, séducteur;
Avec le libertin il excuse le vice,
Avec les esprits forts il sait, plein d'artifice,
Sur les pieux élans de la dévotion,
Diriger le sarcasme et la dérision;

Rampant caméléon , insidieux Protée ,
Pour séduire l'impie, il se ferait athée :
Mais, près de tous, il sait jouer habilement
La foi, la probité, l'honneur, le sentiment ;
Et cette hypocrisie est , par malheur, commune
Chez les gens dont souvent dépend notre fortune ,
D'autant plus dangereux, que seuls instruits des lois ;
Nous avons besoin d'eux pour défendre nos droits.

ALCIDOR.

Ceux dont le sage avis dirige ma conduite,
Sont des hommes de bien , d'esprit et de mérite.

DORVAL.

Ah! sans doute, il en est qui joignent à l'honneur ,
L'agrément de l'esprit, les qualités du cœur,
Dont un vil intérêt jamais ne fut le guide,
Que toujours du bon droit l'influence décide,
Qu'aux plus purs sentimens sans cesse on voit soumis,
Et qu'on aime à compter au rang de ses amis :
Mais combien il en est , dont l'ame dure, aride
N'obéit qu'à l'appas qui constamment les guide,
Qui , dans tous leurs calculs, ne pensent qu'à l'argent:
Sur des gens aussi bas pourrai-je être indulgent?
C'est honorer leur corps et venger son injure ,
Que de lancer contr'eux la plus âpre censure.
Sur nos divisions fondant tous leurs succès,
La vie est avec eux un éternel procès ;
Et l'homme confiant, dupe de leur faux zèle,
Le découvre trop tard.... Paraît-il un libelle
Calomnieux, atroce, ils en sont les auteurs:
De dons, de legs pieux ils se font brocanteurs ;
Tous les moyens sont bons s'ils servent leur intrigue ;
Ils mènent à leur gré cette pieuse ligue

Qui prétend tout régler sans droit et sans raison.
Bientôt, on ne pourra conduire sa maison,
Elever ses enfans, diriger sa famille,
Faire son testament ou marier sa fille,
Si le corps des dévôts ne l'a pas résolu :
Quand de l'opinion il est maître absolu,
S'il se laisse guider par de vils hypocrites,
D'un tel aveuglement on doit craindre les suites :
Le triomphe du vice est la honte des mœurs.

ALCIDOR.

De la dévotion ce sont-là les malheurs.
Il est de faux dévôts... de ces hommes avides
Si je pouvais prévoir quelques trames perfides,
Je les éconduirais, et ne souffrirais pas...

DORVAL.

Oui, voilà ce que dit chacun en pareil cas ;
Toujours on croit pouvoir opposer la sagesse,
On se croit si prudent, si fin.... J'entends sans cesse
Dire je dois..., je veux être maître chez moi,
Et chacun à son tour y recevoir la loi.
Votre femme, vos sœurs, vos tantes réunies,
Des fourbes vanteront les vertus infinies,
Vous diront que ce sont des gens probes, pieux,
Des gens de bien enfin... qu'on ne peut faire mieux
Que d'avoir en leur zèle entière confiance.
Vous céderez alors à leur persévérance,
Et vous serez trompé, tous les jours on en voit...

ALCIDOR.

Mais on rompt avec eux alors qu'on s'aperçoit...

DORVAL.

Souvent il est trop tard; d'ailleurs ces hypocrites

Ont parmi les gens purs beaucoup de prosélytes;
Leurs discours, accueillis avec avidité ,
Sont partout répandus dans la société.
Quoi de plus dangereux qu'un propos qu'assaisonne
Le fiel et l'intérêt : Ah! tout mon sang bouillonne,
Lorsque de vils caffards, dans leur fausse ferveur,
Osent calomnier le mérite, l'honneur,
Plus encor quand je vois la piété crédule
Accueillir chaudement, sans honte, sans scrupule,
Des gens dont l'intérêt est la suprême loi,
Répéter leurs récits comme articles de foi !
Eh! comment en douter quand tout les autorise ?
Lorsqu'avec un gros livre on les voit à l'église,
Lorsqu'entraînés, séduits par leurs dehors trompeurs ,
Les gens purs sont toujours leurs plus chauds protecteurs,
De leurs perfides traits que n'a-t-on pas à craindre ?
Quels sont les gens de bien qu'ils ne puissent atteindre?
Quel honneur qui par eux ne puisse être flétri?
De leurs complots pervers qui peut être à l'abri?
Quand le coup est porté, de sa suite funeste
On se ressent long-tems , *là cicatrice reste.*
Celui qui méritait l'estime, les égards,
Se voit livré par eux au mépris, aux brocards;
Il lit dans tous les yeux l'affreuse mésestime ,
Il a suivi l'honneur, il est exempt de crime ,
Mais par des imposteurs dans l'ombre décrié ,
Il s'aperçoit trop tard qu'on l'a calomnié.

ALCIDOR.

La vérité, Dorval, toujours est reconnue.

DORVAL.

Non, leur perversité jamais n'est confondue ;

Par un parti puissant on les voit soutenus,
Dévotes et Dévôts vont prônant leurs vertus,
Ils prennent sur leurs cœurs le plus puissant empire:
Leur engoûment est tel qu'il va jusqu'au délire ;
Et contre le torrent en vain voudrait lutter
Celui que l'imposture a su décréditer.
De la prévention le fléau redoutable ,
Infirmité d'esprit , chez les sots incurable ,
Et chez les gens sensés difficile à guérir ,
Poursuit l'homme de bien, parvient à le flétrir,
Tandis que du caffard la vertu sans pareille
D'éloges en tous lieux frappera votre oreille :
Voilà comment le vice et la corruption
Dispensent à leur gré la réputation.
Lorsqu'en ses noirs complots l'affreuse calomnie
A pu souiller le cours d'une honorable vie ,
Les fourbes aussitôt, pour mieux en profiter ,
Dans le monde dévôt sauront l'accréditer,
Et l'on entendra dire à des gens qu'on renomme ,
Qu'Ariste est sans honneur et Tartuffe honnête homme.

ALCIDOR.

C'est trop exager ! Des fourbes les excès
Ne sont pas couronnés par de pareils succès ;
Dans quel lieu les voit-on exercer leur empire ?
Où les voit-on régner ?.... Paris, de ce délire
Connaît peu le danger, de semblables tableaux
Sont peut-être connus chez vos provinciaux ;
Ici vous passerez pour un visionnaire ,
Les dévôts vrais ou faux n'y trouvent rien à faire.

DORVAL.

Ainsi donc , tout le mal inconnu dans Paris
Ne mérite à vos yeux que le plus froid mépris :

A Paris cependant, depuis quelques années,
J'aperçois fréquemment de coupables menées ;
Peut-être l'hypocrite a plus d'occasion
D'exercer ses talens pour la séduction ;
Mais on l'y voit à peine, en reptile il se coule,
Il se soustrait aux yeux, il se perd dans la foule ;
Pour être moins visible il n'existe pas moins,
Il met plus d'art, d'égards, de mystère, de soins,
Pour captiver les cœurs, gagner la confiance.....
Mais, au surplus, Paris n'est pas toute la France,
Et je connais des lieux où, malheureusement,
L'hypocrite éhonté parvient impunément
A s'engraisser en paix du sang de ses victimes.

ALCIDOR.

Jamais, dans aucuns lieux, on ne vit pareils crimes.
Le dirai-je, Dorval, ce terrible fléau
D'un cerveau délirant fantastique tableau,
A nul endroit connu n'est, je crois, applicable ;
Qui donc en fit jamais l'épreuve déplorable ?

DORVAL.

Pour la faire vous-même, habitez quelque tems
R***n, D***n, N****s, A****s, B****e, O*****s,
C'est-là que vous verrez comment l'hypocrisie
S'empare des esprits, par quelle frénésie,
Des gens de bien, d'honneur, obtenant le secours,
De sa fausse monnaie elle assure le cours ;
Comment en les singeant elle sait les séduire,
Et près d'eux chaque jour étendre son empire ;
Par son humilité, ses soupirs, ses élans,
Dans ses dupes trouver ses plus chauds partisans.
C'est-là que vous verrez le pieux parasite,
Fier de sa pureté, bouffi de son mérite,

Sortant du banc de l'œuvre avec solemnité,
Promener gravement sa triste nullité,
De salon en salon, et du ton d'un apôtre
Ce qu'il ouït dans l'un, le répéter dans l'autre,
Régaler chaque jour la troupe des oisifs
A ses élans frondeurs constamment attentifs,
Et par l'emploi fréquent de quelque plat adage,
Couronner noblement son pieux bavardage.
A l'esquisse avez-vous reconnu le portrait?

ALCIDOR.

Je crois que quelque part je l'ai vu trait pour trait.

DORVAL.

Voyez cet autre encor dans l'ardeur qui le presse,
Son livre sous le bras, au sortir de la messe ;
Mû par l'instinct du mal qui, dirigeant ses pas,
De lucre ou de vengeance offre à son cœur l'appas,
Comme l'insecte vil qui se nourrit d'ordure,
Aux lieux les plus infects va chercher sa pâture,
Tel on le voit marcher vers quelque bas quartier,
Des plus impurs égoûts remuer le bourbier :
Dans l'intérêt des mœurs, d'un ton évangélique,
Interroger, sonder la troupe famélique
Des valets renvoyés pour infidélités,
D'ouvriers mécontens d'avoir été quittés :
Plein du noble projet qu'il roule dans sa tête,
Sur ceux qu'ils ont servis faire une sourde enquête ;
De leur désir de nuire arracher des aveux
Que le fourbe, avec art, a su dicter contr'eux ;
Puis par un faible don de sa munificence ,
Sur celui qu'il veut perdre acheter leur silence,

Et leur recommander d'un ton doux et benin,
La réputation et l'honneur du prochain.
De cloaque en cloaque achevant sa tournée,
Il retourne chez lui content de sa journée :
Et le soir dans un cercle on entend mon caffard
Dire d'un air contrit : « Je sais de bonne part
» Que de gens dont j'aimais à vanter le mérite
» On blâme hautement la coupable conduite ;
» Faudra-t-il désormais ne plus compter sur rien !
» Le bien qu'on m'en disait me faisait tant de bien ;
» Il faut y renoncer, et dans ce trouble extrême,
» En fait de probité n'avoir foi qu'en soi-même ».
Alors, plein de respect pour ses autorités,
Il fait, sans les nommer, les détails empruntés
De tous les sots propos ramassés dans la boue,
Et pendant que le fourbe impudemment se joue
De la crédulité dont il fait son profit,
Pendant que dans son cœur méchamment il se rit
Des nombreux auditeurs que son récit captive,
La dévote lui prête une oreille attentive,
Et ses lâches rapports, au lieu d'être suivis
Du silence profond du plus profond mépris,
Obtiennent de chacune un gracieux sourire ;
Ce que vous apprendrez , revenez nous le dire ,
Lui dit-on , et mon sot plein de componction ,
Comme s'il avait fait une bonne action ,
Va dans chaque salon , par sa perfide histoire ,
Rendre heureux un avide et dévôt auditoire.

ALCIDOR.

Oui, j'ai vu quelquefois dans les cercles pieux
Croire légèrement un bruit calomnieux ,

Même le répéter..... Je sens au fond de l'âme
Qu'aux propos indiscrets s'attache quelque blâme ;
Mais le désir de nuire en est-il le motif ?

DORVAL.

Pour qui porte dans tout un esprit attentif,
De cet ardent désir la trace est remarquable ;
Voyez-vous les suppôts de la grâce ineffable,
De l'homme peu zélé, dans leur docte entretien,
Ou dire, ou tolérer qu'on en dise du bien ?
Non, vous les entendrez dans leur triste homélie,
Distiller avec art l'acre contumélie
Contre l'homme de bien.... Par des faits avérés,
De ses prétendus torts se sont-ils assurés ?
Non, le désir de nuire a fondé leur croyance ;
L'objet de leur courroux n'a pas leur confiance,
Il n'a pas les vertus de ceux de leur parti ;
C'est assez ! Qu'il succombe et soit anéanti !

ALCIDOR.

Le monde, cher Dorval, en médisans abonde,
Et tout le monde dit du mal.... de tout le monde ;
Mais en vain on voudrait prétendre à le changer :
C'est un malheur sans doute, et pourtant quel danger !

DORVAL.

Quel danger ! Alcidor, si de la calomnie
Le trait empoisonné n'attaque pas la vie,
Il attaque l'honneur.....

ALCIDOR.

Mon cher, avec ces mots,
Vous savez comme moi qu'on éblouit les sots :

Mais de ce préjugé...

DORVAL.

Chacun doit être esclave :
Heureux qui s'y soumet, malheur à qui le brave !

ALCIDOR.

Enfin, quel tort réel ?.....

DORVAL.

La perte du crédit
Est le lot de celui que le fourbe flétrit ;
A-t-il besoin d'argent pour régler quelqu'affaire ?
« Sa fortune, dit-on aux prêteurs, n'est pas claire ;
» Dans ses mains, croyez-moi, vos fonds ne sont pas sûrs ».
Ses dévôts créanciers, inexorables, durs,
De gens de loi soudain ont recours à la voie ;
Le plus âpre de tous est celui qu'on emploie :
« Point de ménagement, d'égards ni de délais,
» Dit-on au poursuivant, accablez-le de frais ».
Lors une procédure avec art engagée,
Sur l'homme franc, loyal, est soudain dirigée ;
L'expropriation et toutes ses horreurs,
De son triste avenir sont les avant-coureurs ;
Et sur lui quand le sort épuise sa furie,
C'est Dieu qui le punit, dit-on, c'est un impie !
Si quelque bon parent le fait son héritier,
A la captation on les entend crier,
Et d'un dol supposé quand le fourbe l'accuse,
Entendez-vous jamais un dévôt qui l'excuse ?
Point de graves délits dont il ne soit l'auteur :
C'est un homme odieux, un monstre, un corrupteur,

Sans foi, sans loi, sans mœurs, tant que de vice en vice,
D'un vol de grand chemin on le ferait complice.

ALCIDOR.

Quels sont ceux dont le fiel et le zèle dévôt
S'oubliraient à tel point ?

DORVAL.

           Je ne dis plus qu'un mot :
De tout ce que j'ai dit de ces gens qu'on encense,
J'ai fait à mes dépens la triste expérience ;
Ah ! par les faux rapports du fourbe accrédité,
Et par son ascendant sur la crédulité,
Que de gens diffamés ! de fortunes détruites !
Et pourquoi ? c'est qu'on voit de lâches hypocrites
Près du dévôt outré s'ouvrir un libre accès,
En singeant sa manie, assurer leur succès ;
Par leur zèle d'emprunt, gagner sa confiance ;
De son opinion, sans nulle résistance,
Disposant à leur gré ; lui faire répéter
Le bruit calomnieux qu'ils viennent d'inventer.
Ah ! la piété pure et douce autant que sage
Ne sait pas de la haine adopter le langage ;
Elle plaint le pécheur, et lui prête l'appui
De cette charité qu'elle invoque pour lui !
Du sincère dévôt ce trait saillant sépare
Le dévôt de parti ; dans l'ardeur qui l'égare
Il ne respecte rien, il n'entend pas ces mots
D'amis et de parens..... Dans le cœur des dévôts
C'est un motif de plus de fronder, de maudire....
Si bien qu'un jour, blâmant ce dangereux délire,
Je les vis me poursuivre avec tant de chaleur,
Que d'être leur parent je crus avoir l'honneur....

De leurs propos haineux l'homme pur est victime,
Et l'on paraît surpris que je traite de crime
De semblables excès ! Mais loin de m'étonner,
Contre la horde impure, oui, je prétends tonner !
L'esprit religieux peut régner dans le monde,
Sans se voir obsédé par cette troupe immonde
De fourbes sans pudeur, qui d'un masque couverts,
Font servir les vertus à leurs desseins pervers :
Les bons et vrais dévôts m'en sauront gré, je pense.

ALCIDOR.

Etes-vous bien certain de leur reconnaissance ?

DORVAL.

Quoi ! montrer les dangers de leur crédulité,
Est-ce donc outrager les mœurs, la piété !
Il importe bien peu qu'une vieille radote;
Mais que dans son délire elle soit assez sotte
Pour croire à la vertu des plus vils des humains,
Qui lui parlent du ciel, en remplissant leurs mains,
Que ses infirmités, sa faiblesse, son âge
Attirent l'hypocrite avide de pillage,
Comme on voit un cadavre attirer les vautours,
Qu'il brouille des parens, éloigne leurs entours,
Qu'il dispose de tout, qu'il vende, qu'il emprunte,
Qu'il dicte un testament.... Qu'en mourant, la défunte
Laisse à ses héritiers sa bénédiction,
Et qu'un vil intrigant, avec componction,
Des intérêts du ciel colorant ses manœuvres,
Les mette impudemment au rang des bonnes œuvres;
Que parmi les dévôts cet attentat aux mœurs
Trouve des partisans et des approbateurs,

(30)

Qu'un pieux légataire à la discrète mine,
Les yeux levés au ciel, la main sur sa poitrine,
Répète à tous venans « Que cet or , que ce bien
» Est un fardeau pour lui, *qu'il y mettra du sien !*
» Qu'un prodigue héritier recueillant l'héritage,
» De nombreux créanciers eût dévoré le gage ».
Mais ce qui contr'eux tous m'indigne plus encor,
Et me met hors de moi.... , c'est , mon cher Alcidor,
Que la clique , en louant la sainte testatrice ,
Des spoliations consacre l'injustice ;
Rien de plus révoltant que voir la piété
S'associer au fourbe , à son iniquité ,
S'en faire le soutien.....

ALCIDOR.

On peut vous faire un crime
D'un zèle trop ardent.....

DORVAL.

L'homme pusillanime
Est l'ennemi du bien , on le voit toujours prêt
A tolérer le mal , s'il n'en sent pas l'effet ;
Mais la société doit , pour être prospère ,
Voir dans ses défenseurs des gens à caractère
Qui sachent s'exposer pour le bonheur commun ,
Et bannir des clameurs le murmure importun :
Grâces à mes efforts, si la troupe crédule
De ses préventions peut voir le ridicule,
Contre les imposteurs le monde est prémuni ,
L'hypocrisie expire, et son règne est fini.

ALCIDOR.

Peut-être , dira-t-on d'une voix unanime
Que les dévótes sont fort mal dans votre estime.

(31)

DORVAL.

On aura très-grand tort ; je sais les estimer,
Et je les trouve plus à plaindre qu'à blâmer ;
Non , leur dévotion n'est pas ce qui m'occupe,
Je songe à démasquer le fourbe qui les dupe :
Sur de vaines terreurs laissons-les s'affliger,
Je prétends les servir , et non les corriger.
Que m'importe, après tout, qu'elles quittent le rouge,
Qu'un essaim de béats de chez elles ne bouge ,
Que le bal , l'Opéra qui charmaient leurs loisirs,
Désormais soient traités de criminels plaisirs,
Que leur appartement n'offre pour tout spectacle
Que lugubres tableaux, qu'il soit le réceptacle
D'emblêmes de la mort, de funèbres objets,
Que dans l'éternité gissent tous leurs projets,
Que, de la charité vantant le doux empire,
Sans cesse on les entende et fronder et médire,
Qu'enfin , par un travers dont mon cœur les absout
Elles quittent le monde et se mêlent de tout,
Que quelques importans s'unissent avec elles
Pour se voir distingués et cités pour modèles ;
Que l'un brigue le rang d'illustre marguillier ,
Que l'autre au banc de l'œuvre ait l'honneur de briller;
A ces pieux frondeurs ferai-je le reproche
D'aspirer au bonheur de nommer une cloche ,
Pour voir leurs noms en bronze!.. Oh non! j'aime à les voir
Remplir avec orgueil cet éminent devoir ;
Sans crime on ne pourrait se permettre d'en rire ,
Mais je puis bien , je pense, en parler sans médire.

ALCIDOR.

Il en est dont on vante et le cœur et l'esprit.

(32)

DORVAL.

Ils y sont par devoir, on les voit fuir le bruit,
Ils saisissent le vrai, méprisent la grimace ;
Ce sont des gens de bien.

ALCIDOR.

Pour remplir cette place
Si vos concitoyens vous avaient préféré ?

DORVAL.

D'un tel choix je serais surpris, mais honoré.

ALCIDOR.

Quoi, vous accepteriez !

DORVAL.

Sans aucune réplique :
On doit porter sa part de la charge publique ;
J'irais pour m'acquitter, non pour me faire voir.

ALCIDOR.

Il faut donc se cacher pour faire son devoir ?

DORVAL.

Non, mais on n'en fait pas un pompeux étalage.
Sans bruit remplir sa tâche est la marche du sage :
Celui qui, sur sa foi, sur son zèle pieux,
Du public attentif cherche à fixer les yeux,
Est hypocrite ou sot....

ALCIDOR.

Vos arrêts sont sévères.

DORVAL.

Ils sont justes, je crois... Indulgens pour leurs frères,
Si je pouvais les voir excuser leurs erreurs ,
Ne pas tant les fronder et mieux juger leurs cœurs,
D'eux seuls s'inquiéter en fait de conscience ,
Ne s'occuper d'autrui qu'en fait de bienfaisance ,
Et de la charité , ce précepte divin ,
Daigner se rappeler en parlant du prochain ,
Je serais le premier à publier leur gloire ;
A leur sainte ferveur alors je pourrais croire ,
Et pour placer l'exemple auprès de la leçon ,
Sans hésiter , mon cher , je nommerais Cléon ;
Quand le zéle indulgent se joint au vrai mérite ,
Comme un modèle à suivre il faut que je le cite ;
Mais lorsqu'à tout propos , prèts à se gendarmer ,
Et de leur pureté toujours prompts à s'armer ,
Je les vois constamment sur ceux d'un autre culte ,
Et diriger le blâme et prodiguer l'insulte ,
Fiers de leur importance , en juges s'ériger
Sur de graves objets que Dieu seul peut juger ;
Contre un pauvre pécheur , lorsqu'en leur saint délire ,
Sans pitié je les vois et fronder et médire ,
Invoquer les enfers et la damnation
Au lieu de prier Dieu pour sa conversion ,
A ce pieux accès d'une rage inhumaine
Je ne reconnais plus la charité chrétienne ;
Si je veux d'un exemple illustrer ce portrait ,
La rime et la raison me présentent Rollet !
Et de Rollets Dieu sait que l'univers abonde :
Et des dévotes donc , qu'il en est dans le monde
Qui pour vous déchirer dans leurs pieux propos ,
N'attendent que l'instant où vous tournez le dos !

Si cet ardent transport d'une sainte colère'
Est le chemin du Ciel , c'est l'enfer sur la terre.

ALCIDOR.

Par ce zèle fervent..... au funeste avenir....
On espère échapper. ...

DORVAL.

     Pour se tant repentir ,
Qu'ont-elles donc tant fait ! Le juste qui succombe
Sait parsemer de fleurs jusqu'aux bords de sa tombe ;
De craintes, de terreurs son cœur bien dégagé
Du monde sans frémir saura prendre congé ;
S'il aide aux malheureux , de legs expiatoire
On ne taxera pas cette œuvre méritoire ;
Juste , il eut pour mobile en leur tendant la main ,
Non la peur de l'enfer , mais l'amour du prochain.

ALCIDOR.

Dévotes et dévôts , armés contre le vice ,
Souvent de l'incrédule irritent la malice ,
Mais je suis sûr au moins qu'en toute occasion
Les bienfaits sont l'objet de leur réunion.

DORVAL.

Le bienfait qu'à grand bruit le vulgaire consacre
De ceux que le cœur dicte offre un vain simulacre :
On fait seul , en secret le bien qui part du cœur :
Qui le fait avec faste en sent peu la douceur.
Non , je n'estime pas cette philantropie ,
Des vertus qu'on n'a pas fastueuse copie ,
Monument de l'orgueil , car , tel qui fait le bien ,
Souvent s'en abstiendrait si l'on n'en savait rien.

ALCIDOR.

Qu'importe que le pain que reçoit l'indigence
Lui vienne de l'orgueil ou de la bienfaisance :
Elle en profite, au moins, et, pour pareil objet,
On excuse la cause en faveur de l'effet ;
De leurs souscriptions le but est estimable.

DORVAL.

On peut être sévère, on doit être équitable ;
A l'orgueil des gens vains je conçois qu'un appel
Profite au malheureux ; je trouve naturel
Qu'on offre cet appas à l'aride égoïsme,
Et je sens sur ce point fléchir mon rigorisme ;
Il n'est pas dans mon cœur, et dès que j'aperçois....

ALCIDOR.

Vous me cédez, Dorval, pour la première fois :
Ce succès m'encourage et je veux le poursuivre ;
Ces dévotes, mon cher, du grand art de bien vivre
Nous montrent le chemin en dépit des railleurs ;
Leur conduite décente est l'école des mœurs ;
S'il se mêle à leur zèle un peu de médisance,
On les voit exercer une heureuse influence
Sur les cœurs, les esprits, diriger vers le bien
Par l'usage fréquent d'un solide entretien,
Par de sages leçons, par de saintes pratiques,
Celles qu'on veut former aux vertus domestiques.
Ces vertus, dans l'hymen, font les heureux époux ;
Point de soucis rongeurs, point de tourmens jaloux,
La dévote à son culte, à ses devoirs fidèle,
Est de la chasteté l exemple et le modèle,

Fuit les plaisirs trompeurs, ne suit que la raison.

DORVAL.

Ou plutôt, de l'école adoptant la leçon
Et saisissant l'esprit, la docile écolière
Prend de ses vieux Mentors le ton, l'humeur altière ;
Tel époux qui serait heureux dans sa maison,
Las de voir constamment sa femme en oraison,
Sur de pieux objets sans cesse être en querelle,
L'ennuyer chaque jour de l'excès de son zèle,
S'entourer de quidams qu'on ne voit nulle part,
De la dévotion arborer l'étendart ;
S'il ne peut se plier à sa ferveur profonde,
Ni faire pour le ciel son enfer dans ce monde,
Finit par s'éloigner, va chercher le bonheur
Loin de l'objet qui, seul, eût pu charmer son cœur,
Si par un doux accord de goûts, de caractère,
On les eût vus jaloux de s'aimer, de se plaire,
A l'humeur l'un de l'autre ardens à se plier,
Elle moins exigeante, et lui plus régulier.

ALCIDOR.

Voyons-nous la dévote imitant vos coquettes,
Ne rêvant que de bals, de spectacles, d'emplettes,
Sans pudeur, de l'hymen outrager le devoir ?

DORVAL.

Peut-être, mais du moins elle le fait moins voir :
Elle sait s'entourer, pour couvrir sa faiblesse,
D'amans sans nul éclat, et mettre avec adresse
Son honneur à l'abri de leur obscurité :
La coquette, au contraire, en tire vanité,

(37)

Et fait un grand fracas pour conquérir l'hommage,
Que souvent elle obtient sans cesser d'être sage.

ALCIDOR.

La calomnie à tout sait mêler ses poisons.

DORVAL.

J'ai cru l'apercevoir dans vos comparaisons.
Sans miracle, je pense, on peut voir sur la terre,
Et dévote fragile, et coquette sévère ;
Et leurs sages Mentors, les a-t-on vus toujours,
Dans l'âge des plaisirs repousser les amours ?
Par les rares vertus qu'en elles on contemple,
Ont-elles constamment, jadis, prêché d'exemple ?
Si j'en crois certains bruits, leur printems, leur été,
D'amoureuses ardeurs fut sans cesse agité ;
Mais leur automne, hélas ! met les amours en fuite ;
Réduites à quitter un monde qui les quitte,
Elles vont, dans leur rage et leur dépit amer,
Au Ciel, faute de mieux, consacrer leur hyver.
C'est alors qu'on les voit ne faire aucune grâce
A celles qui bientôt osent prendre leur place,
Leur peindre de l'amour le charme séducteur
Comme un piége odieux du démon tentateur,
Piége, où jadis leur cœur sut trouver tant de charmes,
Et dont le souvenir leur coûte tant larmes,
Qu'on croirait, à leurs maux prêtes à succomber,
Que leur plus grand regret est de n'y plus tomber.

ALCIDOR.

J'en ai vu des plaisirs faire le sacrifice,
A leur devoir, à Dieu.....

DORVAL.

La haire et le cilice,
N'appaisent pas toujours les orages du cœur ;
Mais, brisons sur ce point, de ce sexe enchanteur
Qui répand sur nos jours tant de charme.... d'ivresse...,
Nous devons excuser tout, jusqu'à sa faiblesse :
Ne l'accusons jamais sur de trompeurs dehors,
Par esprit de justice imputons-nous ses torts ;
S'il faut de ses vertus retrancher la constance,
Aux nôtres, s'il se peut, ajoutons l'indulgence.
Jadis, admis au rang de ses adorateurs,
J'estimai ses vertus, j'adorai ses erreurs ;
Je ne m'en vante pas, mon cher, je m'en accuse :
Si pour nos froids censeurs ce tort est sans excuse,
J'ai pour autorités nombre de gens de bien
Qui suivent ma méthode et s'en trouvent fort bien.

ALCIDOR.

La mienne fut toujours de ne blâmer personne ;
Mais dans ce siècle heureux où sur tout on raisonne,
Je persiste à penser que la dévotion
De toutes les vertus nous offre l'union ;
Je pourrais vous citer Arsinoë, Julie,
Arsène, Corisande et surtout Aurélie,
Aurélie, aux caquets ne se mêlant en rien,
Ne dit jamais de mal, et fait beaucoup de bien ;
Contente de mener une vie exemplaire,
Indulgente pour tous, et pour elle sévère,
Secourir l'indigent est son plus grand bonheur,
C'est l'instinct, le désir, le besoin de son cœur,
Et le bienfait pour elle en est la récompense.

DORVAL.

Vous n'en direz jamais tout le bien que je pense ;
J'en pourrais nommer une , et du plus noble sang ,
Dont la simplicité cache l'état , le rang ,
Que le pauvre jamais en vain ne sollicite ,
Que le monde chérit , qui jamais ne l'évite ,
Qui prouve à tout moment que la franche gaîté
Peut se concilier avec la piété :
Qui croit que la vertu doit être douce , aimable ;
Qu'on peut être dévôt sans cesser d'être affable ,
Qu'une tendre indulgence attire plus de cœurs
Que de ce zèle outré les austères rigueurs.
Mais la clique en frémit et la croit peu sincère ,
Souvent en dit du mal et la traite en faux-frère ,
Parce que de médire on la voit s'abstenir ,
Dans un juste milieu toujours se maintenir ,
Pour diriger son zèle invoquer la sagesse ,
Et même pardonner à l'humaine faiblesse.
Le nombre en est petit , combien au fond du cœur
N'ont pour le genre humain que haine , fiel , aigreur ;
Loin d'accorder au faible une douce indulgence ,
Ils tirent vanité de leur intolérance :
Aussi le fourbe adroit les suit-il avec soin ,
En flattant leur penchant il peut les mener loin ,
Et des hommes de bien qu'un pieux zèle presse
Vantent de ces caffards l'éminente sagesse.

ALCIDOR.

S'ils en sont convaincus , on doit les excuser.

DORVAL.

Ce n'est pas sans danger qu'on peut les abuser ,

Car plus la confiance est grande en leur mérite,
Et plus ils font d'amis à la horde hypocrite.

ALCIDOR.

Qui donc les sert si bien ?

DORVAL.

Ce sont ces vrais croyans
Qui de pieux débats font leurs doux passe-tems,
Que le moindre propos, la moindre faute irritent,
Qui n'ont foi qu'aux vertus de ceux qui les imitent :
Raisonnez avec eux, dans leurs âpres discours,
De leur sainte ferveur rien n'interrompt le cours.

ALCIDOR.

Excès de zèle !

DORVAL.

Oui, mais dans cette controverse,
L'humeur règne toujours, l'aigreur suit, le fiel perce ;
L'esprit du Dieu de paix, dans nos sacrés parvis,
Ne règne pas toujours : n'a-t-on pas vu jadis
Le Janséniste austère et le doux Moliniste,
De nos troubles pieux vouloir grossir la liste,
Troubler la paix du monde?

ALCIDOR.

Oh! ces tems sont passés.

DORVAL.

Un rien peut réunir leurs débris dispersés :
On les verrait bientôt renaître de leur cendre.
S'ils pouvaient rencontrer quelqu'un pour les entendre.

Pour peu qu'on les voulût seulement écouter,
Il s'en présenterait, gardez-vous d'en douter ;
Des oisifs, des nigauds, et nombre d'hypocrites
Feraient aux deux partis de nombreux prosélites.
C'est alors qu'on verrait les chefs se réunir,
Les dévotes crier et les presses gémir ;
Pour ou contre on serait, sans en savoir la cause,
On se ferait dévôt pour être quelque chose.
Paris, qu'à cette cause on croit indifférent,
Paris, de ces fureurs ne serait pas exempt :
Au F. S. G., d'une énorme recrue,
Chaque secte amplement se trouverait accrue.
Je voudrais que celui qui, dans son zèle ardent,
Viendrait, dans un discours âpre, dur, véhément,
De ses opinions établir l'excellence,
Ou le grand avantage, ou la prééminence,
Fut puni du mépris qu'il aurait mérité,
Que comme un boute-feu partout il fut cité ;
Je voudrais que surtout du culte qu'on révère,
On ne parla jamais que dans son sanctuaire,
Qu'on ne pût discuter qu'aux pieds de ses autels
Les intérêts du Dieu révéré des mortels ;
Toute discussion et toute controverse
Rapetisse l'objet sur lequel on s'exerce :
Aussi, sur cet objet, loin de s'entretenir,
Chacun doit l'adorer, mais non le définir.
Pour des opinions faut-il troubler la terre ?
Et pour un Dieu de paix, une éternelle guerre
Doit-elle s'allumer ? Prescrit-il de tels soins ?
On l'honorerait plus si l'on en parlait moins.
Oui ! c'est le révérer que garder le silence,
Et si quelqu'un osait douter de sa puissance,
De son erreur, sans doute, on pourrait s'affliger,
En gémir en secret.... Mais d'oser l'outrager

Qui nous donna le droit ? Par quel ordre ? A quel titre ?
Qui donc nous a nommés l'un de l'autre l'arbitre ?
Qui nous a créé juge en ce pieux débat ?
Dieu nous a-t-il prescrit ce saint apostolat ?
Est-ce un devoir sacré ? Voit-on qu'il nous oblige
A discuter ses droits ? Et surtout qu'il exige
Qu'on nous voie (à sa loi résignés et soumis)
Pour des opinions rompre avec nos amis,
Nos neveux, nos enfans, leur ôter l'héritage
Que tout bon parent doit transmettre d'âge en âge ?
L'homme plein de vertu, de mérite, d'honneur,
Sur des opinions peut être dans l'erreur :
Avec ceux dont la foi de la mienne diffère,
Si j'ai quelques rapports de plaisir ou d'affaire,
Je ne les juge pas sur leurs opinions,
Sur leur foi, sur leur loi, mais sur leurs actions.
Laissons l'homme de bien, ami de la morale,
Fléau de l'hypocrite, ennemi du scandale,
Invoquer ce qu'il fait et non pas ce qu'il croit :
Qu'il pense ce qu'il veut, il fera ce qu'il doit ;
Bon sujet, bon soldat, bon magistrat, bon prêtre,
Et dans tous les états sera ce qu'il doit être.
Si le respect humain, la probité, l'honneur,
Sont sa règle, Alcidor ! je réponds de son cœur.
En vain l'intolérant, dans l'ardeur de son zèle,
Trouve cette maxime absurde, criminelle,
Je n'attaquerai point sa brûlante ferveur,
Mais je condamnerai sa fanatique aigreur,
Qui donc a pu sur moi lui donner cet empire
De fronder ma croyance et de vouloir m'instruire ?
Que je sois Brame, Iman, Bonze, Faquir, ou rien,
Nul n'a droit d'en gloser, ni dans son entretien
De censurer ma foi, mes dogmes, ma croyance,
Fruits de l'instruction que j'acquis dès l'enfance.

Mais l'amour pour son Roi , mais la gloire, l'honneur,
Ne sont-ils pas un culte ? Ah ! dans sa noble ardeur,
De tout beau dévoûment si ces puissans mobiles
Sont plus chers au guerrier que des vertus stériles,
Si leur brillant éclat a fasciné ses yeux,
S'ils sont sa foi , sa loi, ses autels et ses Dieux (*),
Qui pourrait condamner cette brûlante flamme,
Qu'un charme irrésistible a fait naître en son ame.

ALCIDOR.

Egoïsme tout pur ! Grades, croix , intérêt,
De ce beau dévoûment sont le motif secret.

DORVAL.

Contestai-je au Faquir qui jeune se torture,
Le droit d'être inutile à toute la nature
En ne songeant qu'à lui , car un doux avenir
Est le leurre, le but et l'espoir du Faquir:

(*) Orthodoxie et royalisme, depuis quelque tems, sont devenus synonymes. J'avais toujours pensé qu'on pouvait être dans l'erreur sur l'un de ces principes, et professer l'autre avec ardeur. J'i-gnore si quelques réligionnaires prirent parti pour la Ligue, mais je sais que de bons et francs catholiques se déclarèrent pour la légitimité , et défendirent la cause d'Henri IV, long-tems avant son abjuration. Maintenant on vous dit: Si vous ne paraissez pas un zélé catholique, un vrai croyant, on ne croira pas à la sin-cérité de votre royalisme ; c'est une chose convenue entre nous, arrangez-vous en conséquence. Quant à moi , je pense que les hérésies religieuses et politiques n'ont entre elles aucun point de contact, et que l'alliance du trône et de l'autel, respectable sans doute , et même nécessaire, n'établit pas la nécessité de l'ortho-doxie et de l'unité de culte : beaucoup d'états d'Allemagne , et même la Russie , viennent à l'appui de mon opinion.

Je persiste donc à croire qu'on peut sans crime , et même sans encourir de blàme , détacher ses opinions religieuses de ses opi-nions politiques. Les assassins de Louis XVI comptent dans leurs rangs des dévôts zélés.

Il souffre pour jouir, laissons-lui sa croyance ;
S'il ne fait tort qu'à lui, que nous fait sa démence ?
S'il croit qu'en s'immolant il remplit un devoir
Dont Bramah lui sait gré, laissons-lui cet espoir,
Et sans controverser ses pratiques futiles,
Exerçons s'il se peut quelques vertus utiles.

ALCIDOR.

Sans doute il est bien fait d'honorer ces vertus,
Mais celles des dévôts ont un motif de plus,
Celui de l'avenir, qui d'un juge sévère
Dépend....

DORVAL.

Il voit mon cœur.

ALCIDOR.

      D'un zèle fort austère
Vous ne vous piquez pas.

DORVAL.

      Jamais on ne m'entend
Parler d'objets sacrés, ni de culte.

ALCIDOR.

       . On prétend
Que vous n'y croyez pas, que vous en faites gloire.

DORVAL.

Ce trait peut ajouter un chapitre à l'histoire
Des calomniateurs sans frein et sans raison :

Si je ne passe pas ma vie en oraison,
Si je m'occupe peu de jeûnes, de retraite,
Ne croyez pourtant pas, Alcidor, que je traite,
Ennemi déclaré des pieuses vertus,
Les dévôts de caffards et le culte d'abus ;
Non, de l'ordre et des mœurs je chéris trop la cause ;
Je sens à quel danger le fondateur s'expose,
Si, sur l'unique appui de la stricte équité,
Il voulait établir une société ;
Mais à défaut de force employant l'artifice,
L'habile constructeur en fondant l'édifice,
Dut faire concourir à sa formation
La morale, les lois et la religion.
Agissant de concert, ces trois puissans mobiles,
Dirigés avec art et par des mains habiles,
Se prêtant l'un à l'autre un mutuel secours,
De l'ordre social affermissent le cours.
Mais de ces vérités d'une haute importance,
Doit-on subtilemement tirer la conséquence
Que tout le genre humain sur notre opinion
Doive régler sa marche et sa religion ?
Quant à moi, sur ce point d'une extrême importance,
Je souffre qu'à son gré chacun agisse et pense ;
Que l'un prie en latin, que l'autre crie Allah !
Invoque Mahomet, ou Moïse ou Bramah ;
Sans prétendre d'autrui régler la conscience,
S'il est coupable, au ciel j'en laisse la vengeance,
Et sans m'inquiéter s'il a tort ou raison,
Comme un autre je prends ma part d'un bon sermon,
S'il m'offre, au lieu d'un triste et froid panégyrique,
Des traits de dévoûment et de vertu publique ;
Avec transport j'entends des prêtres éloquens
Au ton de l'Epopée élever leurs accens,
Pour chanter dignement cette illustre guerrière

Dont la vie et la mort font rougir l'Angleterre :
Le lieu de son triomphe honorant ses succès,
De Jeanne tous les ans célèbre les hauts faits :
Pour immortaliser sa gloire et son martyre,
Un monument s'élève et le bronze respire.
Un si brillant hommage honore également
L'objet qui le reçoit et le lieu qui le rend.
Beauvais, d'une autre Jeanne illustre la mémoire,
Des bourgeois de Calais on a chanté la gloire,
Pourquoi, dans d'autres lieux ne célèbre-t-on pas
Dorthe, Hennuyer, Belzunce, et ce vaillant d'Assas(*),
Du point d'honneur français héroïque victime ?
Ces traits de dévoûment et de vertu sublime
Devraient être honorés dans nos sacrés parvis :
Peut-on mieux servir Dieu qu'en servant son pays !
Sur ces nobles sujets j'aime à voir qu'on s'exerce,
Mais le dévôt préfère une âpre controverse ;
Sur les dogmes sans cesse on le voit disputer,
Pour de vains argumens s'agiter, s'irriter.

ALCIDOR.

Je suis de votre avis, à quoi sert cette lutte ?
On dispute d'abord, et puis on persécute

(*) Le vicomte d'Orthe, commandant de Bayonne, reçut l'ordre du Roi pour faire massacrer les Hugnots, lors de la St-Barthélemy ; il lui répondit : « Sire, je n'ai trouvé que de braves soldats, des sujets fidèles, et pas un bourreau ». Jean Hennuyer, évêque de Lizieux, sauva tous les Calvinistes de son diocèse. M. de Belzunce, évêque de Marseille, prodigua aux pestiférés de cette ville tous les secours de l'art et de la religion, et mourut victime de son zèle. Il n'y a pas un militaire, ancien ou moderne, qui ne connaisse le généreux et héroïque dévoûment du chevalier d'Assas.

Quand on est le plus fort.... De ces tristes débats
Il résulte toujours quelques fâcheux éclats ;
Sur les religions n'élevons aucuns doutes,
Suivons en paix la nôtre et respectons-les toutes
Sans les examiner, parlons-en rarement,
La prudence le veut ; je blâme hautement
Ces auteurs qui, pressés par le besoin d'écrire,
Veulent s'associer à ce pieux délire ;
Et que dans un roman ou dans un feuilleton,
D'un ascétique auteur on adopte le ton,
Qu'on se croie inspiré du feu de Saint Jérome,
De Saint Vincent de Paule, ou de Saint Chrysostôme,
Qu'on mêle aux purs élans d'un austère penseur
Ou le jeu d'une actrice ou les pas d'un danseur,
La charité chrétienne à l'amère critique,
Et la sainte homélie au roman historique.
Je ris de ces auteurs qui, pour édifier,
Et pour trouver matière à tout sanctifier,
Vont, songeant aux profits d'une utile entreprise,
Compulser et tronquer les Pères de l'église.

DORVAL.

Je vois avec plaisir votre indignation
Contre les faux dehors de la dévotion
Et ses nombreux abus ; si contr'eux j'entre en lice,
C'est, croyez-en ma foi, par esprit de justice :
Dans ces écrits fameux, qu'avec fureur on lit,
Si vous voyez des traits qui blessent votre esprit,
Dont un sens droit et pur avec raison s'irrite,
Que serait-ce, Alcidor, aux lieux que je vous cite ?
C'est-là, que des succès du caffard effronté,
Et de son ascendant sur la crédulité,
Vos yeux seraient surpris et votre ame saisie ;

Là , vous pourriez juger si cette hypocrisie
Qu'on me voit signaler, poursuivre avec chaleur,
Vous est peinte par moi de trop sombre couleur,
Si ses nombreux suppôts , en s'agitant dans l'ombre,
Ne font pas chaque jour des victimes sans nombre!
Eh ! que serait-ce donc si vous pénétriez
Dans les réduits obscurs ; c'est là que vous verriez
De ces gens dangereux les perfides manœuvres,
Comme ils tirent parti de feintes bonnes œuvres,
Les maux que chaque jour fait leur avidité ,
Et l'indigence en proie à leur rapacité :
Vous verriez des dévôts la troupe trop crédule,
Célébrant leurs vertus et vantant leur scrupule,
Assurer leur triomphe et leur impunité,
Donner libre carrière à leur cupidité ,
Et secondant par-là le plan qui les occupe,
Leur offrir chaque jour quelque nouvelle dupe.

ALCIDOR.

Je résiste avec peine à votre opinion,
Je cède à l'évidence , à la conviction ,
Quand on connaît si bien tous les détours du vice,
On en est , cher Dorval, ou victime ou complice ;
Je connais trop votre ame.....

DORVAL.

              Eh ! qu'importe , Alcidor ,
Si j'en fus la victime , et si j'en souffre encor:
Gardez-vous de penser, ami , que mon injure
Soit de mes sentimens la règle et la mesure ;
Par des méchans , des sots , si je fus outragé ,
Par l'estime des bons je fus assez vengé ;
Et si je fus en butte à l'erreur, au caprice,

Je veux, par la raison, désarmer l'injustice ;
A la prévention opposer le bon sens,
Edifier les bons, confondre les méchans,
Rendre vains leurs projets en signalant leurs crimes,
Eclairer leurs prôneurs et venger leurs victimes
J'ai rempli ce devoir dans l'intérêt des mœurs :
Respect aux vrais dévôts, mépris aux imposteurs ;
Si j'ai su découvrir leur marche tortueuse,
Montrer de leurs complots la route ténébreuse,
Sur ces pervers fixer l'œil des honnêtes gens ;
N'est-ce pas rendre hommage aux plus purs sentimens ;
Que de montrer le fourbe et son vil artifice ?
Qui chérit la vertu doit signaler le vice :
Partout où je le vois il est mon ennemi,
Et je ne prétends pas le poursuivre à demi ;
Trop heureux si l'on dit dans la race future,
Dorval sut arracher le masque à l'imposture.

FIN.

9 782329 600086